L'OURS ET LE PACHA,

Folie-Vaudeville en un acte,

Par Mrs Eugène Scribe et Xavier,

Représentée pour la première fois, à Paris, sur le Théâtre des Variétés, le 10 Février 1820.

NOUVELLE ÉDITION

AVEC

DE NOMBREUX CHANGEMENS

CONFORMES A LA REPRÉSENTATION.

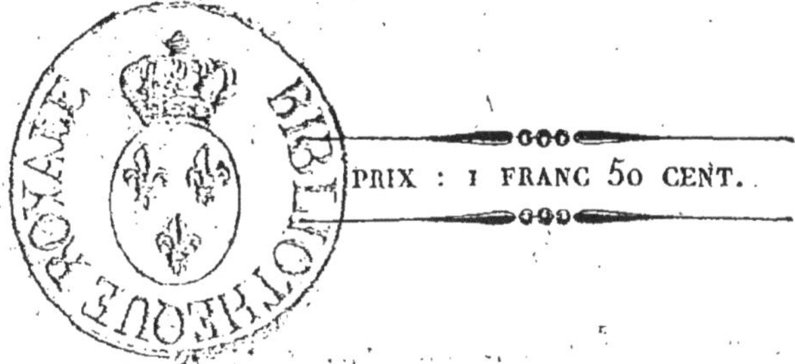

PRIX : 1 FRANC 50 CENT.

PARIS,

AU GRAND MAGASIN DE PIÈCES DE THÉATRE,
ANCIENNES ET NOUVELLES,

DE A. G. BRUNET, LIBRAIRE-ÉDITEUR,
Successeur de Mme Huet,

RUE DE VALOIS, PALAIS-ROYAL, N° 1, VIS-A-VIS L'ATHÉNÉE.

1826.

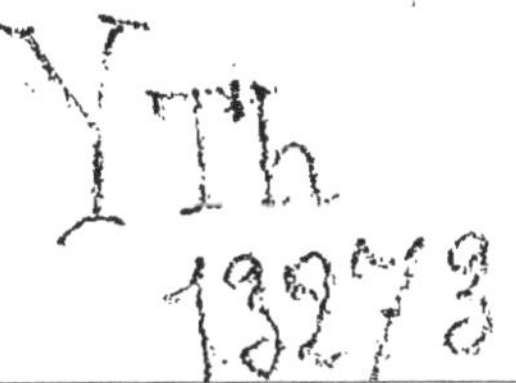

PERSONNAGES.		ACTEURS.
SCHAHABAHAM, pacha (*caractère crédule*)........................		M. BRUNET. M. BLONDIN.
MARÉCOT, son conseiller (*espèce d'imbécille suffisant*)................		M. ODRY.
ROXELANE, sultane favorite.........		Mme VAUTRIN.
ZÉTULBÉ, sa suivante................		Mme PIQUOT.
TRISTAPATTE, époux de Roxelane (*homme bonace*)	montrant des bêtes savantes.	M. VERNET.
LAGINGEOLE, associé de Tristapatte (*intrigant rusé*)		M. LEPEINTRE.
ALI, premier eunuque..................		M. GEORGE.
LE GRAND ESTAFIER.		

Plusieurs Sultanes, Esclaves, Derviches et Musiciens.

La Scène se passe dans la demeure du pacha.

Tous les débitans d'exemplaires non revêtus de la signature de l'Editeur seront poursuivis comme contrefacteurs.

NOTA. Pour avoir la musique exacte de cet ouvrage et de toutes les pièces représentées sur le théâtre des Variétés, s'adresser, *directement*, à M. SIMONET, rue Montmartre, n° 159.

Impr. de Chaignieau fils aîné, rue de la Monnaie n. 11.

L'OURS ET LE PACHA,

FOLIE-VAUDEVILLE EN UN ACTE.

Le Théâtre représente une espèce de cour du sérail; une grille au fond. A droite, au-dessus d'une porte, est écrit : *Appartement des femmes;* à gauche, une volière dont le treillage est doré, et sur laquelle est écrit : *Petite ménagerie.* A la suite de la ménagerie un mur qui ferme le théâtre, et près duquel est un arbre. A droite, sur le premier plan, le trône du pacha.

Au lever du rideau, Roxelane, Zétulbé et plusieurs sultanes sont dans l'attitude de la douleur.

SCÈNE PREMIÈRE.

ZÉTULBÉ, ROXELANE.

ZÉTULBÉ, *à Roxelane.*

Comment on n'a point de nouvelles de l'ours de la Mer Glaciale ?

ROXELANE.

Le dernier bulletin annonçait du mieux; mais le médecin du sérail vient d'arriver, et nous sommes toutes dans une anxiétude...

ZÉTULBÉ.

Ce n'est pas rassurant.

ROXELANE.

Sait-on qui lui succédera ?

ZÉTULBÉ.

Mais cette perte devrait vous effrayer moins que tout autre, madame; on sait quel rang vous tenez dans le cœur du pacha, et il se pourrait...

ROXELANE.

Qu'oses-tu dire ?... ne sais-tu pas que je ne suis plus

à moi, et que le souvenir de mon époux... Ce pauvre Tristapatte !

ZÉTULBÉ, *apercevant Marécot.*

Ah ! mon Dieu ! que nous veut Marécot, et d'où lui vient cet air consterné ?

SCÈNE II.

LES PRÉCÉDENTES, MARÉCOT.

MARÉCOT, *accourant tout effrayé.*

Mesdames, c'en est fait !...

ROXELANE.

Comment, il n'est plus ?

MARÉCOT.

Vous l'avez dit ; l'ours de la Mer Glaciale a vécu.

ROXELANE.

Quel malheur !

MARÉCOT, *d'un air détaché.*

Oui, oui, oui, oui, c'est une grande perte pour la ménagerie... car au sérail on peut s'en passer.

ROXELANE, *surprise.*

Comment, Marécot, vous qui l'aimiez tant !...

MARÉCOT.

Je l'aimais, je l'aimais comme tout le monde, quand le pacha était là... Je ne l'aurais pas dit autrefois ; mais il avait des caprices... beaucoup de caprices... infiniment de caprices... Moi qui étais attaché à sa personne, j'ai été à même de l'apprécier ; et, Dieu merci, j'en dirais long, si ce n'était le respect qu'on doit aux gens qui ne sont plus en place.

AIR : *Un homme pour faire un tableau.*

Il joignait l'art d'un intrigant
A l'astuce d'un diplomate,
Et quoiqu'il fît le chien couchant
Donnait souvent des coups de patte.
Taciturne, il grognait toujours,
Et dans sa fierté monotone,
Sous prétexte qu'il était ours,
Monsieur ne parlait à personne. (*bis.*)

Mais le plus terrible, c'est que le seigneur Schahabaham ignore la mort de son favori, et je me confie, mesdames, à votre discrétion.

ROXELANE.

Il faut pourtant bien la lui annoncer...

MARÉCOT.

Oui, mais s'il est une fois de mauvaise humeur, c'est fait de nous tous; le danger commun doit nous réunir.

ROXELANE.

Comment le distraire et l'empêcher d'y penser?

SCÈNE III.

LES PRÉCÉDENS, ALI.

ALI.

Seigneur Marécot, deux marchands européens viennent de se présenter à la porte du sérail... ils prétendent que vous leur avez accordé audience pour ce matin.

MARÉCOT.

Eh! justement, ils ne pouvaient arriver plus à-propos; ce sont des commerçans ambulans... qui vendent, brocantent et achètent des raretés et des curiosités... J'ai à leur vendre une fourrure superbe. (*A Ali.*) Faites entrer ces négocians estimables, et priez-les d'attendre.

(*Ali sort.*)

SCÈNE IV.

LES MÊMES, excepté ALI.

MARÉCOT.

AIR : *Sortez, croyez-moi, sortez.* (Du Château de mon Oncle.)

Oui, mesdames, cherchons bien,
Nous trouverons le moyen
Qui plaira,
Conviendra
A notre excellent pacha.
Il s'agit de le duper,
Il s'agit de l'attraper;
Vous voyez, entre nous,
Que je compte un peu sur vous.

CHOEUR.

Oui, mesdames, cherchons bien, etc.

(*Ils sortent.*)

SCÈNE V.

LAGINGEOLE, TRISTAPATTE.

LAGINGEOLE.

Eh bien! entre donc, Tristapatte, il n'y a rien à craindre... Nous sommes près de l'appartement des femmes... as-tu peur qu'elles te mangent?

TRISTAPATTE.

Non, mais je ne puis entrer dans un endroit où il y a des femmes sans penser aussitôt à la mienne... Je l'aimais tant!...

LAGINGEOLE.

Il est vrai que nous l'aimions bien.

TRISTAPATTE.

Aussi, c'est ta faute.

LAGINGEOLE.

Comment, ma faute?

TRISTAPATTE.

Sans doute. Sans toi je n'aurais pas été jaloux; si je n'avais pas été jaloux, je ne l'aurais pas fait partir en avant; si je ne l'avais pas fait partir en avant... les maudits corsaires!... enfin nous serions encore ensemble.

LAGINGEOLE.

C'est vrai; mais aussi où diable vas-tu t'aviser d'être jaloux de ton meilleur ami?... Il n'y a pas que moi de bel homme dans le monde... La perte de ta femme me fait pour le moins autant de peine qu'à toi.

TRISTAPATTE.

Oh! non.

LAGINGEOLE.

Oh! si.

TRISTAPATTE.

Je sais bien comme j'aimais ma femme.

LAGINGEOLE.

Je sais bien comme je l'aimais aussi... Mais ne songeons maintenant qu'à notre fortune.

TRISTAPATTE.

Oui, elle est en bon train notre fortune.

AIR : *Vive une femme de tête.*

D'un coup d'commerc' tu me tentes,
Tous deux nous entreprenons
D'réunir des bêt's savantes,
Et nous nous associons.
De peur de la concurrence,
Nous abandonnons Paris,
Et pour doubler not' finance
Nous am'nons dans ce pays
L'ours savant et plein d'adresse,
L'chat savant qui miaule en *ut*,
Bref, des savans d'toute espèce,
C'était pis qu'un institut;
Mais des gens de c't'importance
Mangeaient tous soir et matin;
Ne pouvant viv' de science,
En route ils sont morts de faim.
Lors avec eux j'm'en accuse,
J'ai calmé mon appétit,
Et j'ai la science infuse
Sans en avoir plus d'esprit.
Pour dernier coup, à notre âne
Nous v'nons de fermer les yeux,
Et de tout' la caravane
Il ne reste que nous deux.

LAGINGEOLE.

Et ne nous reste-t-il pas nos talens, notre industrie!... Avec de l'esprit... et j'en ai, de l'effronterie... et tu en as, on se tire de tout.

TRISTAPATTE.

Voilà que je suis un effronté, maintenant.

LAGINGEOLE.

Enfin, n'est-ce pas toujours toi qui te mets en avant?

TRISTAPATTE.

C'est-à-dire que tu me mets toujours en avant, et je commence à en avoir assez... S'il y a quelque danger à courir, quelques coups de bâton à recevoir, c'est toujours pour moi... Voilà mes profits... nous devrions au moins partager.

LAGINGEOLE.

Tout peut se réparer... Si nous pouvions faire ici quelque bonne opération de commerce.

TRISTAPATTE.

Mais je te répète que nous n'avons plus rien.

LAGINGEOLE.

Justement c'est comme cela qu'on commence..... Si nous avions seulement avec nous cette petite baleine qu'on a pêchée dernièrement, dans le *Journal de Paris*, sur les côtes du Holstein... C'était là un joli cadeau à faire au pacha!...

TRISTAPATTE.

Oui, mais ne l'avant pas...

LAGINGEOLE, *cherchant à deviner ce qu'a dit Tristapatte.*

Comment dis-tu?

TRISTAPATTE.

Je dis : ne l'avant pas.

LAGINGEOLE.

Si tu vas parler comme ça devant le pacha, on aura une belle opinon de nous!... mais silence! on vient... Dis toujours comme moi, et tenons-nous prêts à profiter de toutes les bonnes occasions.

SCÈNE VI.

LES MÊMES, MARÉCOT.

MARÉCOT, *à part, sans voir les deux amis.*

J'ai fait tout ce que j'ai pu pour assoupir la fatale nouvelle, et, grâces au prophête, le pacha ne se doute encore de rien... Je l'ai laissé occupé à regarder des petits poissons rouges qui se remuent dans un bocal, et en voilà au moins pour une bonne heure... *(Apercevant les deux marchands.)* Ah! ce sont ces marchands européens...

TRISTAPATTE, *à part, à Lagingeole.*

Oui, marchands... sans marchandises.

LAGINGEOLE, *à part, à Tristapatte.*

Veux-tu te taire. *(Haut.)* Il est vrai de dire que nous

possédons un assortiment complet d'animaux curieux, de bêtes savantes, d'animaux les plus rares.

MARÉCOT.

Cela se rencontre à merveille... nous qui voulons donner au pacha une petite fête... un divertissement.

LAGINGEOLE.

Une fête!... j'ai ce qu'il vous faut... (*Montrant Tristapatte.*) J'ai l'honneur de vous présenter mon camarade qui danse fort bien sur la corde.

TRISTAPATTE, *bas à Lagingeole.*

Mais tais-toi donc... ce n'est pas vrai.

LAGINGEOLE, *de même.*

Eh! mon ami, avec un bon balancier tu t'en tireras tout comme un autre.

MARÉCOT.

Ce n'est pas cela que j'entends; je veux dire quelque rareté en fait d'animaux... (*Lagingeole frappe sur l'épaule de Tristapatte.*) Eh bien! c'est bon... Il faut vous dire que le pacha aime beaucoup les bêtes savantes, et nous avions ici un ours blanc qui faisait ses délices.

TRISTAPATTE, *à part.*

Un ours! nous qui en possédions un si beau!

LAGINGEOLE, *vivement, après avoir rêvé.*

Un ours, dites-vous? J'ai justement ce qu'il vous faut.

TRISTAPATTE, *bas à Lagingeole.*

Mais tu sais bien qu'il est mort.

MARÉCOT.

Comment! il serait possible!... Vous auriez notre pareil?...

LAGINGEOLE.

Oh! exactement semblable... excepté, par exemple, qu'il est noir; mais en fait de talent, la couleur n'y fait rien, et je vous livre celui-là pour le premier ours du monde. Il a fait l'admiration de toutes les Cours et ménageries de l'Europe... en ce moment il arrive directement de Paris, où il avait été appelé par souscription pour remplacer l'ours Martin qui était indisposé... mais l'indisposition n'a pas eu de suites... Cet ours, dans le séjour qu'il a fait à Paris, a pris les belles manières et les gentillesses des habitans de cette grande ville... Il boit, il mange, pense et raisonne comme vous et moi pourrions faire.

MARÉCOT.

C'est admirable !

LAGINGEOLE.

Il joue, il danse comme une personne naturelle de l'Opéra... Je n'ai pas encore pu lui apprendre à chanter; cela viendra... mais en revanche il pince de la harpe divinement, et il a manqué de figurer dans une représentation à bénéfice pour le doyen des ours.

MARÉCOT, *enthousiasmé.*

Ah! mon ami, mon cher ami! nous sommes sauvés!... Je prédis à vous et à votre ours le sort le plus brillant... Par exemple, si celui-là ne devient pas le favori du pacha!... Mais ce n'est pas tout : le pacha aime aussi les poissons... il aime beaucoup les poissons...

TRISTAPATTE.

Eh ben! ce n'est déjà pas si mauvais les poissons...

MARÉCOT.

Il nous faudrait de ces sortes de poissons...

LAGINGEOLE, *étonné.*

De sept sortes de poissons!

MARÉCOT.

Ah! si nous disons des bêtises...

LAGINGEOLE.

Pardon, je n'avais pas d'abord bien compris.

MARÉCOT.

Il nous faudrait, dis-je, un beau poisson... un poisson extraordinaire.

TRISTAPATTE.

Ah! je vous comprends bien : vous ne voulez pas un roquet de poisson... un goujon, par exemple.

LAGINGEOLE.

Il vous faudrait un énorme poisson?

MARÉCOT.

Oui, qui, une supposition, commencerait à moi et se terminerait tout là-bas, là-bas... (*Il désigne le fond de la salle.*)

LAGINGEOLE.

Enfin, un poisson comme on en voit pas beaucoup...

MARÉCOT.

Un poisson comme on en voit guère.

LAGINGEOLE, *froidement.*

Parbleu! j'ai votre affaire... prenez mon ours...

MARÉCOT.

Je pourrais fort bien m'arranger de votre ours; mais...

TRISTAPATTE, *à Lagingeole.*

Tu n'entends donc pas ce que te dit monsieur?

LAGINGEOLE.

Comment?

TRISTAPATTE.

Tu dis à monsieur: prenez mon ours...

LAGINGEOLE.

Eh bien?

MARÉCOT.

Eh bien?

TRISTAPATTE.

Eh bien?

LAGINGEOLE.

Qu'est-ce que j'ai dit à monsieur?

MARÉCOT.

Qu'est-ce que j'ai répondu?

TRISTAPATTE, *comme hébété.*

Ah! dame! si ça vous arrange, je le veux bien.

LAGINGEOLE.

Mais qu'est-ce que tu as donc?

MARÉCOT.

Oui, qu'est-ce qu'il a donc, ce petit garçon?... Je ne sais pas s'il a du talent comme danseur de corde, mais il est bien ennuyeux dans la conversation... Allez donc vous promener... et laissez-nous tranquilles ... *(Il lui fait signe d'aller au fond de la cour.)* Allez là-bas. *(A Lagingeole.)* Du moins, nous deux nous nous entendons parfaitement,

LAGINGEOLE.

C'est si facile!... Cependant il a eu un beau moment...

MARÉCOT.

Oui, il a eu un moment fort agréable, avant que vous n'ayez dit un poisson...

LAGINGEOLE.

Comme on en voit pas beaucoup.

MARÉCOT.

A quoi j'ai répondu : comme on en voit guère.

LAGINGEOLE.

C'est cela.

MARÉCOT.

Comme je vous disais... il nous faudrait un poisson extraordinaire.

LAGINGEOLE.

Prenez mon ours.

TRISTAPATTE, *à part, étant venu reprendre sa place.*

Prenez mon ours... il ne sortira pas de là.

MARÉCOT.

Votre ours, votre ours... votre ours fera donc le poisson?

LAGINGEOLE.

C'est son état... c'est un ours marin.

MARÉCOT, *stupéfait.*

Un ours marin!... Ah! le pacha en perdra la tête... Mon ami, notre fortune est faite... la vôtre et la mienne.

LAGINGEOLE, *bas à Tristapatte.*

Entends-tu, notre fortune? *(Haut.)* Et dites-moi, seigneur Marécot, votre pacha est-il bonhomme?

MARÉCOT.

Il est d'une douceur et d'un laisser-aller qui vous étonneront... mais il n'aime pas à attendre.... Ainsi, hâtez-vous d'amener votre ours. Schahabaham...

TRISTAPATTE.

Schaha...

LAGINGEOLE, *prononçant très-vite.*

Schabahaham, on te dit, imbécille!

MARÉCOT.

Schabahaham, on te dit, imbécille! Vous ne le dites pas bien, répétez-moi ça... Schahabaham.

LAGINGEOLE, *plus lentement.*

Schahabaham.

MARÉCOT.

C'est mieux. *(A Tristapatte.)* A vous là-bas.

TRISTAPATTE, *ne comprenant pas.*

Que j'aille encore me promener?

MARÉCOT.

Ce n'est pas ça : le mot.

TRISTAPATTE.

Ah! le mot?... Schahabaham.

MARÉCOT.

C'est bien, très-bien! *(Il leur donne une poignée de main à chacun.)* Schahabaham donne aujourd'hui même une fête à la sultane favorite, qui justement est française; et puisque vous et votre ours l'êtes aussi, ça lui fera plaisir... On aime à voir ses compatriotes..... Voyons, enchaînons le spectacle... nous disons que nous commençons par la danse de corde.

TRISTAPATTE.

S'il n'y a que moi pour danser sur la corde, vous avez bien l'air de vous en passer.

MARÉCOT.

Voyez-vous l'amour-propre! monsieur ne veut pas commencer... Soyez tranquille, on vous donnera tout ce qu'il vous faut. Ensuite nous vous ferons avaler des jeux de cartes, des fourchettes, de jolies petites souris...

TRISTAPATTE.

Le plus souvent! je n'avale rien du tout.

LAGINGEOLE.

Non, il n'avalera pas de souris.. c'est le chat.

MARÉCOT.

J'ai encore un autre marché à vous proposer... mais nous en parlerons dans un autre moment... Le pacha ne peut tarder à paraître; hâtez-vous de quitter ces lieux.

(Il sort.)

SCÈNE VII.

TRISTAPATTE, LAGINGEOLE.

TRISTAPATTE.

Ah çà! mon ami Lagingeole, dis-moi si par hasard tu

n'as pas perdu la tête d'aller promettre au pacha un ours qui joue et qui danse... et où veux-tu que nous trouvions une bête comme celle-là ?

LAGINGEOLE.

Comment tu ne devines pas qu'est-ce qui est la bête ?

TRISTAPATTE.

Ma foi non.

LAGINGEOLE.

Eh bien! mon ami, c'est toi.

TRISTAPATTE.

Comment, je suis la bête ?

LAGINGEOLE.

Eh! oui, c'est toi qui es la bête... car il ne comprend rien... Ne te rappelles-tu pas que nous avions un ours ?

TRISTAPATTE.

Oui, mais il est mort, et il ne nous en reste plus que la peau.

LAGINGEOLE.

Eh bien! je te mets dedans.

TRISTAPATTE.

Tu me mets dedans... je comprends bien ça... voilà positivement ce que je ne veux pas... Tu n'en fais jamais d'autres!

LAGINGEOLE.

Songe donc que tu es justement de sa taille; que tu danses, que tu pinces de la harpe... Que diable! je t'avais en vue, et le rôle est dessiné pour toi.

TRISTAPATTE.

C'est possible; mais un autre le jouera.

LAGINGEOLE.

Songe d'ailleurs...

TRISTAPATTE.

Tu as beau dire, je ne serai pas ours... je ne veux pas être ours... Diable! ça sent trop le bâton.

LAGINGEOLE.

Pense donc, notre fortune!

TRISTAPATTE, *se fâchant.*

Je me moque bien de la fortune, moi... je méprise la fortune... Je suis philosophe, et je ne veux pas être ours.

LAGINGEOLE.

Eh ! mon ami, l'un n'empêche pas l'autre.

(On entend préluder sur un instrument.)

Silence! on chante. *(Tous deux écoutent.)*

ROXELANE, *en dehors.*

AIR *de Montano.*

Amour!
Amour!
Que ton doux pouvoir nous enflamme!
Amour! (*bis.*)
Pour nous descends dans ce séjour.

TRISTAPATTE, *ému.*

Quel trouble dans mon âme! . . .
Je connais ces accens :
Oui . . . c'est ma femme!
C'est elle que j'entends.

LAGINGEOLE, *entendant le chœur.*

Accompagnée de plusieurs autres.

CHOEUR.

Amour! etc.

TRISTAPATTE, *transporté de joie.*

Ah! mon ami, c'est bien elle, c'est ma femme!

LAGINGEOLE.

Quel bonheur! embrassons-nous!

TRISTAPATTE.

Mais il me semble qu'elle parlait d'amour.

LAGINGEOLE.

C'est qu'elle pensait à nous.

TRISTAPATTE.

A nous?. . . à moi.

LAGINGEOLE.

A nous.

TRISTAPATTE.

A moi. . . Je ne sais pas, quand il s'agit de ma femme, pourquoi tu te mets toujours de moitié.

LAGINGEOLE.

Je parle comme ton associé, ton ami ; et je me félicite de ce qu'elle nous est rendue.

TRISTAPATTE, *ayant l'air de se parler à lui-même.*

Pas encore... Comment pourrons-nous pénétrer auprès d'elle ?

LAGINGEOLE, *ayant réfléchi, frappe sur l'épaule de Tristapatte qui lui tourne le dos.*

Ah ! mon ami !...

TRISTAPATTE, *effrayé, jette un cri.*

Ah ! qu'est-ce que c'est donc ?

LAGINGEOLE.

Une idée sublime, admirable !

TRISTAPATTE, *se remettant.*

Cet être-là me fait des peurs à mourir... Eh bien ! quelle idée ?

LAGINGEOLE.

Mets-toi en ours.

TRISTAPATTE.

Encore ?... tu vas recommencer ta scène ?

LAGINGEOLE.

C'est le seul moyen de te rapprocher d'elle sans danger, et de te faire reconnaître.

TRISTAPATTE.

Comment tu veux qu'elle me reconnaisse quand je serai en ours ?

LAGINGEOLE.

Sois donc tranquille... Je me charge de causer avec elle et de la prévenir en particulier.

TRISTAPATTE.

Tu lui diras donc : il y a quelque chose là-dessous ?

LAGINGEOLE.

Sans doute... Tu ne peux pas tout faire... je suis trop juste pour l'exiger... *(On entend une brillante musique un peu dans le lointain.)* Mais j'entends le bruit des fanfares ; partons, et revenons au plus vite. *(Ils sortent.)*

SCÈNE VIII.

SCHAHABAHAM, MARÉCOT, ROXELANE, ZÉTULBÉ; SUITE D'ESCLAVES, DE MUSICIENS ET DE FEMMES.

CHŒUR.

AIR *de Joconde.*

Quelle fête
Ici s'apprête!
Mes amis, crions tous, crions : alla!
Chantons notre auguste maître;
Dans ces lieux il va paraître...
Gloire, honneur, honneur à notre pacha!
A ce pacha si juste et si bon.

SCHAHABAHAM.

C'est bon. (6 *fois.*)

CHOEUR.

Quelle fête, etc.

SCHAHABAHAM.

(Il va s'asseoir sur le trône, Roxelane se place près de lui; un esclave lui apporte une pipe à la turque.)

Ainsi donc, il est sensé que nous sommes ici pour nous amuser; en conséquence, je déclare que le premier qui ne s'amusera pas sera empalé de suite.

(Danse et ballet des esclaves.)

MARÉCOT, *s'inclinant à l'orientale.*

Premier rayon de la lumière éternelle, je viens t'offrir mon hommage et me précipiter à tes sacrés genoux pour baiser la poussière de tes souliers... c'est-à-dire de tes bottes.

SCHAHABAHAM, *lui présentant un pied.*

Baise, mon ami, baise...

MARÉCOT.

L'autre, s'il vous plaît.

SCHAHABAHAM.

Mais sois gai, c'est l'ordre du jour... Ne m'as-tu pas promis que nous aurions une bête curieuse ?

MARÉCOT.

Oui, seigneur, un ours marin... *(Allant au-devant de Lagingeole.)* Voici son conducteur que j'ai l'honneur de présenter à Votre Grandeur... Il parle...

SCÈNE IX.

LES MÊMES, LAGINGEOLE.

SCHAHABAHAM.

J'aime beaucoup les ours, moi; ainsi, soyez le bienvenu, mon garçon.

ROXELANE, *à part.*

Dieux! me trompé-je?... c'est Lagingeole... une connaissance de mon époux... l'intime de la maison.

MARÉCOT, *à Lagingeole.*

Vous pouvez commencer, brave homme.

LAGINGEOLE.

L'ours incomparable amené des forêts du nord dans Paris, et de Paris dans ces augustes lieux, pour les plaisirs du grand, du puissant, du vertueux... du... *(Il cherche à se rappeler le nom.)*

MARÉCOT.

Allons, allons... peut-on oublier un si beau nom?... Schahabaham.

LAGINGEOLE.

Du généreux Schahabaham...

SCHAHABAHAM, *à part.*

Il est très-honnête...

LAGINGEOLE.

Va paraître à ses yeux.

ROXELANE, *à part.*

Qu'est devenu Tristapatte?

LAGINGEOLE.

Il ne s'agit point ici, messieurs et mesdames, comme tant d'autres pourraient vous le faire voir, d'une chèvre qui danse sur la corde, ou d'un chien savant qui joue aux dominos, ou fait des comptes d'arithmétique.....

SCHAHABAHAM.

Comment! des chiens mathématiciens!..... Est-ce qu'il y en a?

LAGINGEOLE.

J'en attends, et j'aurai l'honneur de vous les offrir... Je vais commencer par vous distribuer le programme des exercices.

SCHAHABAHAM.

A la bonne heure; car je n'entends jamais rien à un concert quand je n'ai pas le programme.

LAGINGEOLE, *après en avoir distribué, en donne un à Roxelane, et lui dit tout bas:*

Lisez.

ROXELANE.

Que vois-je? *(Lisant.)* « L'ours est votre époux. » Dissimulons.

SCÈNE X.

LES MÊMES, TRISTAPATTE, *en ours, conduit par un esclave.*

CHOEUR.

AIR : *Dis-moi, cher Jeannot.*

J'admire, vraiment,
Ce spectacle étrange;
J'admire, vraiment,
Cet ours étonnant.

ROXELANE, *à part.*

Grands dieux! quoi! c'est lui!
Comme ça le change;
Qui croirait qu'ici
Je vois mon mari?

CHOEUR.

J'admire vraiment, etc.

(Pendant ce temps, l'ours danse avec un bâton.)

LAGINGEOLE.

Si Sa Grandeur daigne lui commander, il obéira.

SCHAHABAHAM.

Animal surprenant, dites-moi... (*A part.*) Ma foi, je ne sais quoi lui dire moi-même. (*Haut.*) Dites-moi, animal surprenant... surprenant animal... Je suis curieux de l'entendre griffer sur la harpe un morceau de sa composition, comme on me l'a promis.

LAGINGEOLE.

Seigneur, vous allez être satisfait.

SCHAHABAHAM.

La musique est-elle vraiment de sa composition?

LAGINGEOLE.

Oui, seigneur, lisez le programme.

SCHAHABAHAM.

On l'aura sans doute un peu retouchée... Enfin, nous allons en juger.

LAGINGEOLE.

Mesdames et messieurs, la plus grande attention; l'ours va commencer.

(*Un esclave apporte une harpe; l'ours griffe l'air :*

J'ai du bon tabac dans ma tabatière, etc.

LAGINGEOLE.

Admirez cet air prisé par tous les amateurs.

SCHAHABAHAM.

On a beau dire, il n'y a que les Européens pour ces choses-là; un ours turc n'en ferait jamais autant... Dites-moi, l'homme, comment vous y êtes-vous pris pour instruire cet animal d'une manière aussi surprenante?... Si vous me répondez juste, je vous nomme gouverneur de mes enfans.

LAGINGEOLE.

Seigneur, vous prenez un ours; il faut pour cela qu'il soit jeune... cependant il serait vieux, ce serait absolument la même chose... Vous l'élevez comme il faut... je dis comme il faut, car là-dessus chacun a sa manière, et je n'en puis fixer aucune particulièrement... Vous lui donnez de l'éducation, et il se trouve instruit s'il profite de vos leçons.

SCHAHABAHAM.

Parbleu! vous m'étonnez autant que votre ours... Mais comment diable avez-vous pu le rendre musicien?

LAGINGEOLE.

Seigneur, je lui ai appris la musique.

SCHAHABAHAM.

Cet homme-là s'exprime avec une clarté, une facilité qui me surprennent!... Votre ours danse-t-il, mon ami?

LAGINGEOLE.

Oui, seigneur... Allons, Rustaut, allez inviter deux de ces dames. *(L'ours va vers Roxelane.)*

SCHAHABAHAM.

Il invite Roxelane, c'est admirable!

LAGINGEOLE.

Ne craignez rien, mesdames, c'est un mouton.

(L'ours danse une allemande avec Roxelane et Zétulbé; au moment du baiser, il se détourne et presse Roxelane dans ses bras.

ROXELANE, *bas.*

Quelle imprudence!

SCHAHABAHAM, *descendant du trône.*

Assez!... assez!... Que tout le monde se retire... tout le monde... excepté vous, l'homme aux bêtes... Qu'on promène cet ours dans les jardins du palais; allez.

ROXELANE.

Ciel! protège mon époux.

REPRISE DU CHOEUR.

AIR *de Joconde.*

Quelle fête
Ici s'apprête! etc.

(Tout le monde sort; l'ours s'échappe des mains de l'esclave qui le conduit, et court après Marécot qui se sauve à toutes jambes.)

SCÈNE XI.

SCHAHABAHAM, LAGINGEOLE.

LAGINGEOLE, *à part.*

Que signifie cela?... se douterait-il...

SCHAHABAHAM, *mystérieusement.*

Ils n'y sont plus... Je voulais vous prévenir d'une chose ; c'est qu'il m'est venu une idée.

LAGINGEOLE.

Vrai ?

SCHAHABAHAM.

J'ai d'autres ours dans ma ménagerie, car je ne vous cache pas que je les affectionne singulièrement, et je me disais tout-à-l'heure que deux ours qui danseraient l'allemande, ce serait bien plus gracieux et bien plus singulier, parce que des femmes ça dépare... Est-ce que vous ne pourriez pas donner à mes ours quelques leçons de danse ?

LAGINGEOLE, *à part.*

Ah ! diable !

SCHAHABAHAM.

Mais moi je suis pressé de m'amuser, et si vous voulez commencer sur-le-champ, on va vous enfermer avec eux, rien qu'une petite demi-heure, cela suffira toujours pour les premières positions.

LAGINGEOLE.

Ah ! mon Dieu !

SCHAHABAHAM.

Mais il faut vous dépêcher, parce que, voyez-vous, je suis naturellement la douceur même, mais quand mes gens me fâchent ou m'impatientent...

LAGINGEOLE.

Eh bien ! quel parti prenez-vous ?

SCHAHABAHAM.

Dame, je leur fais tout bonnement couper la tête.

LAGINGEOLE.

C'est un moyen, mais...

SCHAHABAHAM.

Moi je trouve que cela tranche les difficultés.

LAGINGEOLE.

D'accord... mais s'il m'était permis là-dessus de vous présenter mon système d'économie politique...

SCHAHABAHAM.

Comment donc ! présentez-le, je vous en prie.

LAGINGEOLE.

Vous savez sans doute ce que c'est que l'économie politique ?

SCHAHABAHAM.

Allez toujours, allez toujours.

LAGINGEOLE.

Tenez, c'est moi qui serai l'exemple d'économie politique; croyez-vous que mes animaux ne soient pas aussi difficiles à conduire?... mais si je leur faisais couper la tête où diable serait l'économie, je vous le demande?

SCHAHABAHAM.

C'est vrai... Cet homme-là est étonnant.

LAGINGEOLE.

Je me contente de leur faire administrer la bastonnade, une forte bastonnade, encore pas à tous, car il faut aller proportionnellement... et vous sentez que si je la faisais donner à mes serins savans... mais je respecte en eux leur âge et leur faiblesse, et je ne ne leur donnerais pas une croquignole.

SCHAHABAHAM.

Comment, une croquignole?

LAGINGEOLE.

Oui, une croquignole. *(Il fait un geste du doigt.)*

SCHAHABAHAM.

Ah! vous voulez dire une pichenette?

LAGINGEOLE.

Non, croquignole est le mot.

SCHAHABAHAM.

Pichenette est plus usité.

LAGINGEOLE.

Tenez, voilà ce qui a tout brouillé en politique; on a cessé de s'entendre sur les mots, et alors...

SCHAHABAHAM.

On dit pichenette.

LAGINGEOLE.

On doit dire croquignole.

SCHAHABAHAM, *apercevant Marécot.*

Voici justement mon conseiller intime qui s'avance vers nous; nous allons le prendre pour juge.

SCÈNE XII.

LES MÊMES, MARÉCOT.

MARÉCOT, *d'un air effaré.*

Seigneur...

SCHAHABAHAM.

Il ne s'agit pas de cela.

MARÉCOT.

Mais, seigneur...

SCHAHABAHAM.

Tais-toi, tais-toi, te dis-je, et réponds. *(Il lui donne une pichenette sur le nez.)* Comment appelle-t-on ça?

MARÉCOT.

Ça?

LAGINGEOLE.

Ne l'influencez pas. *(Il lui donne une croquignole de l'autre côté.)* Oui, ça?

MARÉCOT, *à Schahabaham.*

Aïe!... Eh bien! il ne se gêne pas.

SCHAHABAHAM.

Je lui en ai donné la permission.

MARÉCOT.

Eh bien! cela s'appelle une chiquenaude.

LAGINGEOLE.

Eh bien! alors, croquignole, pichenette, chiquenaude... il y a un langage différent pour toutes les classes de la société.

MARÉCOT.

Seigneur...

SCHAHABAHAM.

Tu peux parler maintenant.

MARÉCOT.

D'après vos ordres, on avait laissé l'ours de monsieur se promener en liberté, et on vient de le surprendre...

SCHAHABAHAM.

Où ça?

MARÉCOT.

Vous ne le devineriez jamais... aux pieds de la belle Roxelane...

SCHAHABAHAM.

C'est admirable!... Un ours aux pieds de Roxelane... Et avait-il bon air?

MARÉCOT.

Mais l'air de quelqu'un qui fait une déclaration. Il paraît que c'est un animal bien caressant.

SCHAHABAHAM.

Ah! il se lance dans la déclaration!... c'est miraculeux. Je n'en ai jamais fait autant.

MARÉCOT.

Du reste, je l'ai fait conduire dans la petite ménagerie, ici près.

LAGINGEOLE, *à part.*

Grands Dieux! dans la ménagerie!... pauvre Tristapatte!...

MARÉCOT.

Oh! je présume que l'on peut compter sur sa sagesse; car il n'y a dans cette ménagerie que des oiseaux, des singes, des bipèdes enfin.

LAGINGEOLE.

Je respire. *(Apercevant Tristapatte qui lui fait des signes.)* C'est lui!

SCHAHABAHAM.

Je n'y tiens plus; il faut absolument que je le voie aux prises avec mon ours de la Mer Glaciale. *(Tristapatte et Lagingeole se font des signes d'intelligence.)* Je donne douze mille sequins s'ils dansent ensemble la gavotte.

LAGINGEOLE, *regardant Tristapatte.*

Douze mille sequins! *(Tristapatte lui fait signe de refuser.)* Seigneur...

SCHAHABAHAM.

Ah! il le faut, ou je me fâche... Eh bien! Marécot, que vous ai-je dit? allez me chercher la grande ourse de la Mer Glaciale, et l'amenez ici pendant que je vais avertir ces dames du spectacle qui va avoir lieu. *(Revenant à Lagingeole.)* Croyez-vous réellement qu'ils pourront danser la gavotte?

LAGINGEOLE.

Mais... seigneur...

SCHAHABAHAM.

Je l'ordonne, d'abord... Ainsi, arrangez-vous... si je n'ai pas de gavotte, je fais trancher la tête aux deux danseurs... ainsi qu'à vous, messieurs, et à tous les musiciens... Sur ce, j'ai bien l'honneur de vous saluer.

(*Il sort.*)

SCÈNE XIII.

MARÉCOT, LAGINGEOLE.

MARÉCOT.

C'est qu'il est homme à le faire... Et quel parti prendre?

LAGINGEOLE, *à part.*

Par exemple, si je sais comment me tirer de là, moi et le pauvre Tristapatte...

MARÉCOT.

Ah! seigneur Lagingeole, vous me voyez dans un embarras...

LAGINGEOLE, *à part.*

Parbleu! il n'y est pas plus que moi. (*Haut.*) Votre ours de la Mer Glaciale est donc bien méchant?

MARÉCOT.

Le pauvre animal ne fera jamais de mal à personne; il est mort ce matin.

LAGINGEOLE.

Mort, dites-vous?

MARÉCOT.

Eh! oui... et c'est sa peau que je voulais vous vendre... Le pacha qui compte sur lui pour danser la gavotte!..... Ah! je suis un homme perdu!

LAGINGEOLE.

Ah! mon ami, que c'est heureux!... Attendez... une idée lumineuse... Dansez-vous un peu la gavotte?

MARÉCOT.

Ce que vous me demandez là est très-déplacé. Comment vous me voyez au désespoir, et vous venez me dire..... comme si je pouvais avoir le cœur à la danse.

LAGINGEOLE.

Il ne s'agit pas de cela... Vous dansez la gavotte?

MARÉCOT, *comme sortant d'un rêve.*

Ah! la gavotte... le rigaudon...

LAGINGEOLE.

Eh bien! nous voilà tirés d'affaire... Le pacha est bon enfant dans sa férocité, et avec lui le premier moment une fois passé... Venez, je vais vous expliquer... présider à votre toilette, et je cours après avertir le pacha que ses ordres sont exécutés, et que le bal va commencer.

MARÉCOT.

Comment ? qu'est-ce que vous dites donc là ?

LAGINGEOLE.

Oh ! ne craignez rien de mon ours ; j'en réponds, et je ne le quitterai pas.

ENSEMBLE.

AIR : *Final du 2e acte d'Honorine.*

Dépêchons-nous,
Notre / Votre maître
Va paraître ;
Dépêchons-nous,
C'est ici le rendez-vous.

(*On entend du bruit dans la ménagerie.*)

LAGINGEOLE.

Mais quel est ce bruit, s'il vous plaît ?

MARÉCOT.

Sans doute quelque perroquet,
Ou quelqu'un de nos animaux
Qui se disent quelques gros mots.

ENSEMBLE.

Dépêchons-nous, etc.

TRISTAPATTE.

Finissez-vous ?
Ils viennent me prendre en traître ;
Finissez-vous ?
Je vais vous étrangler tous. (*Ils sortent.*)

SCÈNE XIV.

TRISTAPATTE, *seul.*

(*Il sort par-dessus le mur de la petite ménagerie; il est en désordre, a la tête de l'ours sous le bras, et descend le long d'un arbre.*)

Piche ! piche !... ah ! le maudit animal !... Il croit peut-être qu'il me fera peur, et que je me laisserai faire... il m'a joliment mordu malgré ça ; mais c'est en traître... Ah ! mon Dieu ! quel état que celui d'ours, puisqu'on ne peut même pas se faire respecter d'un singe... J'étais là, dans mon coin, et je ne lui disais rien, quand il est venu m'attaquer... D'abord, le Ciel est témoin que ce n'est pas moi qui ai commencé ; je suis connu, quand même... mais malgré ma candeur naturelle, je me suis dit : Je suis ours, enfin, et il faut que chacun tienne son rang...

Je lui ai allongé un coup de griffe, et il m'a mordu... Aïe!... c'est qu'il a emporté la peau. (*Il montre un morceau qui pend de la peau d'ours.*) Faites donc l'ours, après cela, pour vous faire mordre, vous faire bâtonner! Je vous demande s'il n'y a pas de quoi perdre la tête..... et dans le désespoir où je suis, je ne sais pas trop qu'est-ce qui pourrait me la remettre. (*Regardant à gauche.*) Mais on vient... Dieu! que vois-je? c'est la grande ourse de la Mer Glaciale... Remettons ma tête... il ne me fera peut-être pas de mal, me prenant pour son égal. (*Il remet sa tête.*)

SCÈNE XV.

TRISTAPATTE *en ours noir*, MARÉCOT *en ours blanc.*

MARÉCOT, *à part.*

Le projet est bouffon, mais s'il pouvait réussir... (*Apercevant Tristapatte.*) Eh bien! que vois-je donc là?... c'est l'ours du seigneur Lagingeole... Il m'avait promis de ne pas le quitter.... Si je pouvais l'attraper par sa chaîne.

TRISTAPATTE, *à part.*

Aïe!... il s'avance vers moi... Oh! oh! oh! (*Il tâche d'imiter l'ours.*)

MARÉCOT, *à part.*

Miséricorde! il se fâche.

TRISTAPATTE, *à part.*

Où fuir?... il va me dévorer.

MARÉCOT, *reculant.*

Mais il est sauvage... Oh! oh! oh! (*Il imite l'ours.*)

(*Tous deux cherchent à s'éviter; il parcourent le théâtre dans le même sens, se heurtent en voulant se fuir, et leurs têtes d'ours tombent du côté opposé à leurs personnes.*)

TOUS DEUX, *stupéfaits.*

Ah! bah!

TRISTAPATTE.

Comment c'est vous!... je vous reconnais... Vous êtes donc aussi dans les ours?

MARÉCOT, *le fixant.*

Je ne me trompe pas... c'est l'associé de Lagingeole... Ah! c'est donc vous, méchant marchand européen, flatteur, hypocrite, venez donc un peu ici que nous causions. *Les deux ours vont s'asseoir sur le trône.*) Comment se fait-il?... (*On entend des fanfares.*) Ah! mon Dieu! voici le pacha! Vite à notre poste, ou nous sommes perdus. (*Ils ramassent précipitamment leurs têtes et les troquent sans s'en apercevoir.*

SCÈNE XVI ET DERNIÈRE.

LES MÊMES, SCHAHABAHAM, LAGINGEOLE, ROXELANE, ZÉTULBÉ, SUITE DU PACHA.

LAGINGEOLE, *au pacha.*

Oui, seigneur, vous allez être satisfait et...

SCHAHABAHAM, *fixant les ours.*

Mais que vois-je?

LAGINGEOLE, *à part.*

Oh! les maladroits! qu'ont-ils fait?

CHOEUR.

AIR *du Bachelier de Salamanque.*

Grands Dieux! la singulière chose!
Ciel! par quel inconnu pouvoir
Ces ours, dans leur métamorphose,
Sont-ils moitié blanc, moitié noir?

LAGINGEOLE, *aux femmes.*

Je vais être leur interprête.
Oui, vos beaux yeux, sur mon honneur,
Peuvent faire tourner la tête.

SCHAHABAHAM.

Mais non la changer de couleur.

CHOEUR.

Grands Dieux! etc.

SCHAHABAHAM.

Au fait, comment se fait-il que mon ours blanc a la tête noire, et mon ours noir la tête blanche?

LAGINGEOLE.

C'est la chose la plus aisée à comprendre... (*A part.*) Que le diable les emporte!

SCHAHABAHAM.

Aisée à comprendre... c'est aisé à dire... Expliquez-vous donc.

ROXELANE, *à part.*

O ciel! comment reconnaître mon époux dans ce chaos d'ours?

LAGINGEOLE.

Messieurs et mesdames, vous n'êtes pas sans avoir lu M. de Buffon, et le traité d'Aristote sur les quadrupèdes?

SCHAHABAHAM.

Certainement nous les avons lus; néanmoins, comment se fait-il qu'un ours qui avait la tête noire l'ait blanche maintenant?

LAGINGEOLE.

Vous allez me comprendre de suite, parce que, dieu merci, je ne parle pas à une buse, mais au grand Schahabaham, le prince le plus éclairé de l'Orient.

SCHAHABAHAM.

Vous êtes bien bon... Voyons.

LAGINGEOLE.

Cet animal fidèle sait qu'il a changé de maître, et vous êtes beaucoup trop instruit pour ne pas connaître l'effet de la douleur sur les âmes sensibles... On a vu des personnes naturelles qui dans l'espace d'une nuit... voyaient blanchir leurs cheveux à vue d'œil.

SCHAHABAHAM.

Ça c'est vrai, je comprends... mais cet autre qui est blanc et qui a la tête noire?

LAGINGEOLE.

Ah! pour celui-là... je vous avoue que je suis fort embarrassé, et je ne crois pas... à moins cependant qu'il n'ait pris perruque, ce que je n'ose affirmer.

SCHAHABAHAM.

C'est impossible!... Je sais qu'est-ce qui peut me rendre compte...(*Appelant.*) Marécot!

MARÉCOT, *se retournant vivement.*

Plaît-il?

SCHAHABAHAM, *étonné.*

Il me semble qu'un des deux ours a parlé.

LAGINGEOLE.

C'est impossible.

SCHAHABAHAM.

Je l'ai bien entendu peut-être... Je veux savoir lequel m'a répondu.

LAGINGEOLE.

Vous voyez qu'ils ne vous répondent pas.

SCHAHABAHAM.

C'est qu'ils y mettent de l'obstination... mais je vais leur apprendre à parler, moi; qu'on leur coupe la tête.

ROXELANE, *effrayée.*

Ah! seigneur, qu'allez-vous faire? au nom de Mahomet...

SCHAHABAHAM.

Que ces femmes sont coquettes!... Parce qu'on a surpris un de ces ours à ses pieds... Mais je ne sais rien vous refuser, je vous permets d'en sauver un: point de pitié pour l'autre.

ROXELANE, *bas.*

Que faire? comment le reconnaître? Seigneur Lagingeole, lequel est mon mari?

LAGINGEOLE.

Ma foi, je n'y suis plus...

« Devine si tu peux, et choisis si tu l'oses. »

ROXELANE.

Je n'ose.

SCHAHABAHAM.

Mon grand estafier, tranchez le différent, apportez-moi leurs têtes.

MARÉCOT et TRISTAPATTE, *déposant leurs têtes aux pieds du pacha.*

Voilà les têtes demandées.

SCHAHABAHAM, *surpris.*

Qu'est-ce que c'est que ça? mon conseiller en ours! Et quelle est donc cette autre bête?

ROXELANE.

Seigneur, c'est mon époux.

SCHAHABAHAM, *d'un air furieux.*

Qu'entends-je? Ainsi donc tout le monde me trompait?... Ces ours n'étaient pas des ours; et madame, qu'on m'avait donnée pour demoiselle... Vengeance!...

CHOEUR GÉNÉRAL.

AIR : *Grâce, grâce pour elle.*

Grâce, grâce, grâce, de grâce. (*bis.*)

SCHAHABAHAM, *en riant.*

Mais laissez-moi donc avec vos grâces! c'est bien mon intention, mais vous m'en ôtez le mérite... Il faut que je m'amuse aussi en leur faisant peur.

TOUT LE MONDE.

Que de bontés!

LAGINGEOLE.

Seigneur, quand me paiera-t-on mes émolumens comme gouverneur de vos enfans?

TRISTAPATTE.

Et moi comme ours?

SCHAHABAHAM.

Il est encore bon celui-là... il m'en fait gober de toutes les couleurs...

« Et sa tête à la main demande son salaire. »

Partagez les douze mille sequins.

VAUDEVILLE.

SCHAHABAHAM.

AIR : *Vaudeville de Farinelli.*

Tu m'as rendu ma belle humeur
Lorsque je t'ai vu ventre à terre,
Ce trait t'assure ma faveur :
Je te nomme grand secrétaire.

MARÉCOT.

Cela m'était bien dû ; d'ailleurs,
Si j'en crois nos grands diplomates ; (*bis.*)
Il faut pour grimper aux honneurs
Savoir aller à quatre pattes. } (*bis.*)

TRISTAPATTE, *à Marécot.*

Monsieur, c'est à vous de passer.

MARÉCOT.

Monsieur, c'est à vous, ce me semble.

TRISTAPATTE.

Monsieur, vous devez commencer.

MARÉCOT.

Eh bien! donc, commençons ensemble.

TOUS DEUX, *au Public.*

Je crains que plus d'un trait malin
Sur mon collègue et moi n'éclate ; (*bis.*)
Mais vous pouvez, d'un coup de main,
Nous sauver plus d'un coup de patte. } (*bis.*)

FIN.

www.ingramcontent.com/pod-product-compliance
Ingram Content Group UK Ltd.
Pitfield, Milton Keynes, MK11 3LW, UK
UKHW020440220726
13923UKWH00005B/2238